KB260910

담장에 널린 바다

시와소금 시인선 · 090

담장에 널린 바다

정원교 시집

시와소금

▌정원교

- 강원도 강릉 출생하여 줄곧 강릉에서 성장함.
- 2000 강원일보 신춘문예 당선으로 문단에 나옴.
- 시집 『풍경 하나로 따스한』 『담장에 널린 바다』가 있음.
- 강원여성문학 작가상 및 강릉문학작가상 수상.
- 강원문인협회, 강원여성문학인회, 강릉문인협회, 관동문학회 회원.
- 시문학동인 열린시 회원.

| 시인의 말 |

이른 추위 소식이다.
첫 시집을 낸 지 십일 년이 되었다.
그동안 발표했던 시들을 정리하면서
헐렁한 옷 같은 나의 틈을 발견한다.
왜 시집을 내느냐고 스스로 묻는다.
틈을 발견하기 위한 것일까

추워지는 계절에 슬쩍 팔짱을 끼고 싶은
산책길에 마시는 한 호흡 바람이면 좋겠다.
오래 기다리던 국화꽃이 피었다.
변명하기 좋은 날이다.
시의 이름으로 오시는 님들께 이 시집을 바친다.

따뜻한 말씀 주신 남진원 선생님과
시와소금 편집부에 깊이 감사드린다.

2018년 11월
紫雲 정원교

| 차례 |

| 시인의 말 |

제1부

제3부

제4부

작품해설 | 남진원

제 **1** 부

새, 날아 오르다

새가 날아 오른다
허공에 오선지가 그려진다
새가 지나간
발자국마다 노래가 된다
내 발자국을 뒤돌아본다
어둠이 다 지워졌다
다행이다

아우라지

오월의 갯배를 타고

건너 온 사람들일까

건너가야 할 사람들일까

서로 바라보며 사진을 찍고 때로는

같은 곳을 바라보는 두 사람

저 강가에 수많은 돌맹이처럼 많은 인연 중에

같은 배를 타고 이 세상으로 건너온 남매

앞서거니 뒤서거니 사람들은 오고 가고

이 강가에 오늘 문득

머무는 저 원두막이거나 갯배거나

막걸리 한 사발에 어울려 둥둥 떠가는

오월의 신록이여

우리들 목 너머로 오래 묵힌

막걸리의 곰삭음이여

이제 남은 우리들 길은 몇 리일까

얼마쯤 더 같이 갈 수 있을까

또 얼마나 떨어져서 각자 가야 할까

아우라지

물길은 따로따로 흘러와

만나고 또 어울려 흘러가네

옛 성터에 앉아

지난겨울 눈 쌓였다 녹은 자리에
아기 똥 같은 생강나무 꽃 핀 자리에
어디서 온 돌들일까

집 떠나와 고된 노역을 하던
옛 화랑의 손과
어느 지아비의 피 멍든 손들
서로 포개어
어슷어슷 고이고 있네
서로서로 보듬고 있네

검버섯 이끼 두텁게 내려앉은
시간의 지렛대 위에
내 생의 시간을 가만히 얹어보네
구름으로 체온을 더듬어보네

옛 성터에 앉아

헌화로*의 봄

여전히 깊은 동굴이다

읽다가 접어 둔 그 페이지

수 천 년 나이테 고스란히 껴안은

소를 몰고 가던 노인이 저 벼랑을 딛고

수로부인에게 꽃을 꺾어 바쳤다는 헌화가의 한 소절도

느슨해진 소고삐처럼 풀려 나오기도 하고

주름 잡힌 바위 틈새로 해묵은 연서들

봄이면 저들끼리 나와 앉아 얼굴을 붉히면

길은 저 혼자도 진분홍빛 물이 드는 날

천년을 파도에 씻어도 시샘 여전히 매운 삼월은

묵은 억새풀 머리채를 아직도 휘어잡고 있네

* 헌화로 : 강릉 정동진과 동해시 어달리 사이에 있는 해안 도로이름.

초당에 봄이 오시는 것은

또 봄입니다
저 이끼 덮인 기와지붕과 초당 솔숲을
사뿐히 들어 올리는 알싸한 매화 향기로 오신
그대 마음의 그루터기에 앉아 봅니다

초당에 봄이 온다는 것은
난설헌 당신께서 오시는 길입니다
그것이 아니고서야 어찌
사백여 년 시간을 거슬러
그때의 꽃들이 다시 필 수 있을까요

이 땅에 조선의 여인으로
능소화 뜨거운 담장 안에 갇혀
바다를 넘어 중국 일본 동양 삼국을 흔들어 놓고
아직도 다 쓰지 못한 그 무엇이 있어 당신은
이렇게 해마다 오시는가요

당신이 가신 그 후 몇 백 년

세상은 그리 달라진 게 없는 듯한데
봄이면 다시금 파랗게 돋아나는 시혼으로 오시는
당신으로 초당마을은 올봄도 구름 위에 떠 있습니다

꽃씨

1.

서랍을 정리하다
지난해 받아 둔 나팔꽃씨를 보았다
깜빡 잊은 채 한 해를 넘겨버린 무심한 나를
까만 눈으로 쳐다본다
뾰루퉁한 입매에 주름이 잡혀있다

2.

군자란이 피었다
신부의 부케 같은 꽃
햇살이 비껴가는 베란다
그늘에서 시도 때도 없이
밖으로 향하는 내 시선을
간신히 붙들고 있다

3.

그늘진 마당가에서
얇다란 봄눈자락을 밀어내며 새싹들이 올라온다

아! 수선화, 빨간 촉수를 내밀고 있는 작약
매화나무 가지에도 수수알 같은 꽃봉오리.
지난겨울 강추위에 잊고 있었던 식구들이다
봄눈처럼 잠시 미안하다

5.

지난겨울 강추위에
돌처럼 말라버린 화분에서
돌단풍이 피었다
엄마손 같은 돌단풍
아픈 손마디로 어떻게
저 흙덩이를 헤치고 나왔을까

간신히 봄날을 건너다

한낮 고요의 무게에
내려앉은 연보라색 오동꽃

자운영 꽃밭
되새김질하는 흑염소
오래된 우물 같은 눈빛

재두루미 한 마리
제 그림자 들여다보는 오후

모임 끝난 후
돌아와 마당에 섰을 때
비로소 눈맞은 달

이 환한 봄날을 딛고
아슬아슬 간신히 건너가고 있다

봄눈 녹아 고인 물웅덩이 다시 얼어

턱 괴고 앉아
골똘히 생각하다
새벽녘
깜빡 잠들어
다시
얼어붙은 봄

이리저리 생각의 갈래
실핏줄 가닥가닥 땀방울도 맺힌 채로
얼어붙은 그 집에
아침 햇살 맑다

마른 쑥부쟁이 흐트러져
제멋대로 흔들리는 아침 호수

골똘한 그림
봄 눈 녹은 물웅덩이 다시 얼어 그려진
눈빛 맑은 그 집 앞에 서 있다

봄, 저녁 무렵

봄 물 가득 담은 논배미
일 년에 한 번 온 몸을 활짝 열어 보인다
하늘이 깊숙이 담겨져 있고 느리게 구름이 떠가고
이파리 돋기 시작하는 산사나무 가지 사이로 새떼들
제 맘대로 드나들고 외발로 선 왜가리 그림처럼 서 있는

이 세상과 저 세상이 이와 같았으면
저 건너편 세상 모습들이
논둑 하나처럼 문지방을 넘으면 훤히 들여다보이면 좋겠다

평생토록 저 논에서
흙을 묻히고 살던
아버지들이 건너간 저 세상에도
이렇게 느릿느릿 새싹이 돋고 꽃이 피고
모시 두루마기 같은 구름이 느릿느릿 뒷짐 지고 걸어가는
그런 늦은 오후의 풍경처럼

논물 들여다보듯이

먼 풍경을 바라보듯이
바라만 봐도 좋겠다

죽도봉 꽃사과나무 아래에서

바람도 없는데 나뭇잎이 파르르 떨린다

새들이 짝짓기 중이다

참 가벼운 사랑도 다 있네

생각하는 찰라 한 마리는 날아가고

한 마리는 주섬주섬 매무새를 가다듬는데

꽃사과나무 이파리 하나가 하르르 떨어진다

그녀의 속옷이 초록색이다

며칠 전 큰 비 온 후 남대천 물이 많이 불었다

강물과 바닷물이 서로 주거니 받거니

뜨거웠던 여름의 안부를 묻는 아침

괘방산 망덕봉 칠성산 능경봉 선자령 매봉 저 멀리 봉우리들

옥양목 홑이불 하나 발아래 벗어놓고

눅눅한 그림자를 산자락에 널어 말리는 것이 보인다

한없이 가벼울 듯한 저 하얀 구름의 몸에도 얼룩 자국이 선명
하다

저 구름 끝을 살짝 당기면 설악 금강까지 주르륵 달려 올 것
같은데

백두대간 능선을 넘어온 한 호흡의 바람으로
새들은 사랑을 나누고
그 나무 그늘 아래서 나는
새들의 사랑과 아침 햇살이 막 스며든 산봉우리들과
구름의 무게를 재어 본다

그 바람이다

묵은 갈대 줄기에 바람 지나간 길이 보인다
바람은 갈대 머릿결을 빗겨주고
갈대는 바람의 길을 또한 가지런히 빗어 주었으리
어린 갈대가 홀로서기 할 때쯤이면
묵은 갈대는 하얗게 스러지고

휠체어에 노모를 태우고 부부가 걸어간다.
어린 아이같은 해맑은 노인이 휠체어에 앉아
손가락으로 오월 파란 들판을 운전한다
앞서거니 뒤서거니 그 뒤를 따라
병아리 부리 같은 벌노랑이꽃이 피어난다

바람이 분다
갈대가 흔들린다
그 바람이다

늦게 핀 해당화 옆에서

찬바람이 불고
야외벤치에는 습기 걷어낸 음율이 흐르고
훅 스치는 향기!
늦게 핀 해당화가 아는 체를 하네요
지난여름은 너무 뜨거웠다고
무엇으로 건넜느냐고

나도 안부를 물어보고 싶었지만
들어줄 자신이 없었어요
바람결에 건너 온 샹송멜로디처럼
어디서 왔는지
우린 어디로 가는지
하늘은 뼛속까지 맑고요
멀리 태풍 소식에 놀란
구름덩이들이 스크럼을 짜고 가까이 와
내 팔을 끼고 날아 올랐어요

하이쿠로 답하기

사위가 주고 간 선물
〈하이쿠 읽기〉
읽다 보니 책갈피 갈피마다
사통팔달 바람이 불어오네

450여 년 거슬러 온
그 바람 이슬 빗방울들
몰려와 한바탕 춤을 추네

석 달 가뭄 끝 소나기
푸닥거리 왁자한 끝

수국이 피었네
깊이 머리 숙여 절을 하네

소나기 그치고 시계꽃
몇 시쯤일까

양귀비 붉다
그가 오느라 갈라진 땅

연잎 마른 못가에서

사각사각
마른 이파리
행여 다칠까
까치발로 바람이
지 나 가 네

지난여름에 들어와 갇혀 있던 바람이
웅성웅성 지껄이는 소리
늦가을 연못에 가면 물무늬보다 선명한
바람의 길이 보이네

가시연

가시연이 오시었다
백 년 만에 다시 오셨다고
한바탕 소동이 일었다
연일 37~38도를 오르내리던
기록적인 폭염의 날을 잡아
간신히 입을 열었는데
무슨 법문을 하시긴 하셨는데
며칠 후 다시 와 보니
넓게 펼쳐진 이파리 속 의문을
그대로 접어 둔 채
사슬로 묶인 가족들 데리고
물속의 집으로 들어가셨다
열 듯 말 듯 입술 굳게 닫은 채
다시 물속으로 잠겼다
잠기어 갔다
가시연은 왜 오셨던 걸까

시몬을 그리며

열여덟 파란 잎새였던 내가

바람으로 떠돌던 그대가

키 작은 풀잎에서

키 큰 나무에 이르기까지

세상의 모든 이파리들 가을 속으로 데려와서는

이파리 하나하나에 시를 써 놓고

그 이파리들만큼 수북해진 여럿의 나를

이토록 또 다시 온통 가을의 한복판에

데려다 놓았습니다그려

시몬

낙엽지지 않는 그대 시몬

열여덟 파란 잎새인 채로 나는

생에 처음 맞는 가을날처럼 붉어져서는

시몬 그대의 팔장을 끼고

나뭇잎새 져버린 숲속에 서있습니다그려

그리하여 또 다시 낯설게 설레이며

가을의 심장으로 두근거리고 있습니다그려

* 레미 드 구르몽의 시 「낙엽」 변용

11월 그 詩 나무 아래

은행잎 환한 11월
동인지 표지 사진을 주신 H 선생과 점심 식사를 하다가
몇 년 전 암으로 세상을 떠난 사진작가 이야기가 나왔다

폭설이 내린 어느 겨울 아침
잘못 배달된 사진집
〈視線〉
— 崔載洛 靈想集
그와의 첫 만남의 순간이다

눈 내려 이렇게 환한 아침에
이렇게 추운 아침에 그가
바람처럼 월담을 했다

생전에 만난 적도 없고
사진으로도 한 번 본 적 없는 그가
눈 쌓인 그 날 웬일로
발자국 하나 남기 않고 월담을 했는지

그 후
시가 막막할 즈음이면 어느 새 다가와
슬몃슬몃 가슴을 열어 보이던 〈視線〉

그렇게 詩가 오신 그 날처럼
큰 나무 아래 수북히 쏟아지는 말씀

환상인듯
환생인듯
황금빛으로 화안한 오후

카페 고독

고독이라는 찻집
고독이라는 말 아니고는
어떤 말로도 다가갈 수 없는
카페 고독*

간절한 소망인 듯 기도인 듯
마당에 박힌 돌 하나에도
무심히 밟고 선 발자국 마다
기다림 흔적 눈 시린 마디마디
소복같은 구절초 피는 집

고독이라는 말은
얼마나 푸르고 깊어야 하는지
솔베이지의 가슴 베이는 전설이
알프스 설산이 그대로
고스란히 내려앉은
알프스의 고독 그 시원에 닿아있는
남애리 바닷가 그 찻집

눈이 시리다

가슴이 시리다

고독 한 잔을 마셨을 뿐인데

알프스를 넘어 온 발끝 시린 구절초

남애리 푸른 바다 파도이랑에 아슬아슬

까치발로 서 있다

갯배

갯배가 있던 자리
갯배는 떠나고
발자국만 남았네
건너간 사람의 발자국인가
뒤 돌아선 그 사람의 발자국인가
엊그제 내린 눈 위에
눈 녹은 자리 질척한 흙 위에
발자국만 남았네

새해가 되어 희망의 문자들로 바쁜
스마트 폰 카카오스토리 저 너머로
오늘의 해도 꼬리만 조금 남기고
나는 강을 건널 수 없네
물은 얼어 누군가 돌멩이를 던져
얼음의 두께를 겨울의 심장을 재 보려했지만
그 돌맹이 하나로는 깊이를 잴 수 없네

나는 한참 동안 서서

강 건너 물속에 얼어붙은
빈 배만 바라보았네
줄을 당기면 금방 와
와락 안길 것 같은 빈 배

새해를 맞은 며칠째
가녀린 햇살과 바람만 실려 있는
지난해 쓰다 남은
쓴 곳보다 여백이 더 많은
다이어리 같은 그 배도
얼음 호수 저편에서
바라만 보고 있네

골목길

지난해 내린 눈이 한 달이 넘도록 녹지 못하고 골목길에 얼어 붙어있다 햇살 한 조각 받지 못하고 그대로 굳어 있더니 어느 날 유리조각이 되었다 그 유리 조각은 땅바닥에 찰싹 달라붙어서 도무지 녹을 기미가 보이지 않더니 지나가는 사람들 발밑에서부터 전신을 훑어보기도 하고, 나름의 잣대로 키를 재기도 하고 순간에 발을 걸어 넘어뜨리고는 시치미를 뚝 떼기도 하는 것이었다

보드라운 겨울 꽃송이 속에 사금파리 같은 시선이 숨어 있다는 것이 믿기지 않아서 자꾸만 미끄러지려는 생각의 정수리를 꼭꼭 힘주어 밟아 보는 것이다

제2부

대암산 용늪

용들이 사는 집에 왔어요

떡갈나무꽃가루 송홧가루 온갖 꽃가로 지은 집

몇 천 년 전 비바람 눈보라 천둥 번개 새벽이슬 서리 안개로
키가 자라는 집

대암사초 큰사초 보리사초 삿갓사초 금강초롱 처녀치마 끈
끈이주걱 비로용담 제비동자꽃 검종덩굴 구실바위취 꿩의다리
그리고 아직 태어나지 않은 용들이 꿈틀대는

그리고 무엇보다도 그 키 낮은 초가집 우물가에는 언듯언듯
숨었다가 나타나는 나의 다섯 살 일곱 살 적 아이와 자꾸만 나
타났다 사라지는 아버지가 보이고 옥양목 치마저고리 한 번도
본 적 없는 처녀 엄마도 보여 오월의 하루를 비밀처럼 묻어 두
려고 했지만 그 날 용들은 일제히 하늘에 올라서는 투명한 오월
의 나를 내려다보고 있었어요

4500살 나를 관통하는 찬란한 하루였어요

벽소령*에서 별 보기

벽소령 산장에 와서
쏟아져 내리는 별을 보는데요
낮에는 그렇게나 인자한 할머니 같던 지리산이
어두워지자 엄한 아버지 같은 얼굴을 하고서는
배낭에 짐을 챙기듯
젖은 떡갈나무 이파리 같은 나를
불빛 하나 없는 산장의 작은 방으로
자꾸만 구겨 넣으려는 것이었어요

때 늦은 반항아가 되어 나는
자꾸만 별에게로 가 닿으려고 했지만
발은 떨어지지 않고
그런 내가 안쓰럽다고
별들은 내 머리 위에 내려와 앉았다 가고는 했는데요

별이 그렇게나 멀리서 왔다는 걸
그때 알아차리고
눈물이 막 샘처럼 솟았는데요

별들도 아는 눈치였어요

* 지리산에 있는 산장 이름.

일몰 앞에서

순천만 가서
일몰을 보았네
온통 붉은 빛 소용돌이
야단법석 춤사위 흐드러지고
한바탕 잔치 들떠 있는 시간

밀물이 다가오자
맨발로 다가가
스윽 발을 담그는
불덩이를 보았네

한 치의 망설임 없이
검은 개펄 속으로 스르륵
잠기는 불덩어리
그
리
고
아무 일도 없었던 것처럼

어둠이 겹겹이 밀려왔네

나는 잠시 어디로
어디로 스며야 할지 몰라
그 후로 오래도록
불덩이가 바다 속으로 고요히 걸어 들어가고
세상은 너무 조용한 것에 대하여 아주 오래도록
생각하게 되었네

고인돌 공원에서

선사시대로 왔네
시간이 화석으로 굳은
고인돌 공원
이웃 마실 오듯 왔네

생전 모습 그대로
울타리 없는 마당 넓은 집
둥근 멍석 두레밥상 펼쳐진
고인의 뜰에는
바람 새 햇볕들이 제집처럼 들락거리고
눈 녹은 자리 엷은 아침햇살의 온기에
마른 이파리들도 한가로운데

살아서도
허리 한 번 못 펴고 살던 사람들은
여전히 가파른 난간 붙잡고
천년을 넘게 힘겹게 버티고 서있네
선사시대로 넘어간 문지방 그대로 가파르네

아슬아슬한 난간 위태롭게 붙잡고
꽁꽁 언 눈을 맨발로 딛고
벌 받는 아이처럼 이 공원을 지키는
선 채로 돌이 된 사람도 있네

강산이 몇 백 번이나 바뀌었을까
뼛가루 같은 햇살 이불 덮고
돌무덤 관절에서 찬바람 불어오고
얼어붙은 이 아침 꽁꽁 언 눈을 밟고
검버섯 핀 고인돌 위에 햇살
식은 찻잔 같은 이 아침
낯선 객이 되어 햇살 한 잔 나누고 있네

통리역에 대한 기억

떠나는 사람과 남겨지는 사람과 기다리는 사람들
두근대는 시계추 소리와 연탄난로 온기
단호한 역무원의 깃발이 가끔씩 싸락눈을 몰고 들어오고.

　　오래 묵은 묵은지 같은 친구와 나는 작은 식당에서 두부찌개를 먹고 있는 사이 막걸리를 거르던 엄마 같은 그녀와 몇몇 수다를 떨던사람 서넛이 서로 주거니 받거니 잔을 기울이는가 싶더니 때 아닌 연분홍 치마가 봄바람에 흩날리다가 추풍령고개 넘어 울고 넘는 박달재를 넘어 바람찬 흥남부두에 굳세어라 금순아… 숨차게 흐르는 곡조를 못 이겨 먼지 덮힌 전축이 골방에서 거들고 나서더니 막걸리 거르던 손 툭툭 털고 서로서로 손에 손 잡고 빙빙 돌아간다 연탄난로를 뒤로하고 묵묵히 밥을 먹던 내 등 뒤에서 그녀들 흥은 더해가고 역무원 다급한 호출소리에 따라 나와 돌아오는 열차를 탔다 역무원 남편 덕분에 묵호에서 태백으로 오가며 평생 동안 생선 장사를 했다는 그녀 어달리에서 딸이 맥주집 개업을 했다고. 꼭 한 잔 사겠노라며 삐뚤삐뚤 적어 주던 전화번호.

오래된 책갈피에서 밀봉된 채 막걸리처럼 잘 익은 쪽지 하나
지키지 못한 약속 몇십 년이 지났네
가을비 오는 오늘 그 겨울의 책갈피에서 그녀를 만나네

메밀꽃 필 무렵 그 끝 무렵

봉평 가는 길은 초입부터

뜯어진 베개에서 흘러나오던 메밀껍질처럼

끝없이 피고 지는 메밀꽃들이 재잘재잘

기세등등하게 쭉 뻗은 길을 가리키고 있었어요

봉평천도 2차선 다리가 늘씬하게 놓였고

솔잎 아직 시들지 않은 섶다리와 그 아래로

새로 놓은 돌다리도 있었지만 나는

허리께로 차오르는 시간을 걷어 올리고

자꾸만 흘러내리는 옷자락을 적시며

허생원과 당나귀와 동이의 대화에 비틀거렸어요

시끌벅적 메밀 밭둑을 지나

그 물레방앗간에 도착했을 때

소문은 이미 퍼져 대낮처럼 빛이 바랬지만

오지랖 넓은 해바라기 한 무리는 지붕까지 올라가

날 저무는지도 모르고 수군거리고 있었지요

성서방네 처녀와 허생원의 물레방앗간을 엿보던 달빛처럼
당나귀와 함께 아직도 걷고 있는 허생원의 길을 줌으로 당겨
놓고
삼십년 지기 그와 나는
각각 메밀밭으로 난 여러 갈래의 길을 이리저리 뛰어다녔어요
그와 나는 자꾸만 어긋나기도 했지만 그의 길이 궁금하지는
않았어요
그도 내가 가는 길들에 대해 궁금해 하지 않은 눈치였어도
서운하지는 않았어요

메밀꽃 필 무렵 그 끝 무렵이었어요

감국이 필 때

은박지 같은 하늘이네요
손을 내밀면 무언가
잡힐 듯하지만
번번이 빈손이네요
하시동 들녘
바람이 부네요
누구인가요
저물녘 자리에 서면
슬그머니 와 팔장을 끼던
기차가 지나가네요
나는 그때처럼
굽혔던 허리를 펴고 서서
바람의 칸 수를 세고 있어요
누군가 올 것 같아요

태기왕의 부르심을 받고

태기왕의 부르심을 받았네

빛 바랜 고서적 페이지를 열고
철기시대의 녹슨 빗장을 열고
그의 왕국으로 들어가는 길
첩첩산중 갑옷을 두른 바위들 가슴을 열고
태고의 계곡 해맑은 속살 그대로
마을 밖 십리까지 마중을 나오시네

이 깊은 계곡 첩첩 산중에
없는 금 그어 놓고 산성을 쌓아 놓고
서로 쫓고 쫓기던 2000년 전
우리들 아버지의 아버지의 아버지들
다 하지 못하고 묻어버린 이야기들
꺼내놓고 푸닥거리 한 바탕 왁자한
오늘 문득 님께서 부르신 뜻은 무엇일까

병지방 계곡에서

꿈속인 듯
무엇에 이끌린 듯
이곳으로 흘러들어 온 텐트촌 이방인들은
태기왕의 후예들인가
그를 쫓던 신라군의 잔병들인가
아니면 무한경쟁의 시대에
자신과의 싸움으로 더 고달픈
세간의 무림에서 쫓겨와
잃어버린 왕국을 찾거나
잃어버린 자신을 찾거나
저 맑은 물 거슬러 거슬러
걸어 걸어 가다보면 만나고 말 것 같은
궁극의 왕국이 있을 것만 같은…

태기산에 올라

뛰는 맥박소리 들어 보아라
굽이굽이 용틀임하는
저 검푸른 핏줄 일제히 일어서는
맥국의 군사들을 보아라

골짜기 휘돌아 푸른 산맥 뒤덮는 구름바다에
살아 꿈틀대는 태기왕의 푸른 왕국
생기 충천한 백성들의 숨소리 들어보아라

해일처럼 몰려오는 푸른 산맥
줄기차게 일어서는 태기산에 와서 보아라

백두산 기행 · 1

―북파에서

생애 처음으로
백두산에 올랐네
천지天池가 문을 열었네
가랑비 오는 중에도
문을 활짝 열고
기다려 주었네

그 깊은 눈빛
반가움보다는
두려움이었네

내 생에 마주친
가장 깊은 눈빛
내가 알고 있는
어떤 말로도 쓸 수 없는
평생 동안 두레박을 드리워도
바닥이 닿지 않을 깊은
그와 눈 맞아 버렸네

이제 더 이상 무엇을 찾아 헤매지 않으리
내 남은 생애 저 눈빛에서
헤어나지 못하리

백두산 기행 · 2

― 남파에서

백두산 천지로 가는 두 번째 길

팔월의 아침 8시

아직 잠깨지 않은 원시의 숲속

옹달샘에서 피어오르는 물안개

아침이슬 머금은 야생화 머리맡 지나

이른 햇살 빗금으로 스치는

원시의 계곡 금강대협곡 지나

숨 막히는 사스레나무 군락

세상의 반짝이는 것들 모두 여기 있었네

이 세상에 태어나

그대와 나

오늘 만났으니

더 이상 그 어떤 풍경이

그 어떤 색채가 여기 끼어들 수 있을까

간밤에 내려와 잠자는 하늘

그대로 고요한

반짝이는 푸른 천지의 아침!

지상에 존재하는 비밀의 방에 초대되어

세상에 또 하나의 빛을 지고 간다네

백두산 기행 · 3

키 작은 야생화 군락을 지나

사스레나무 주목나무 나란히

서로 부등켜안고 기대어 살고 있는

신들의 숲을 지나가네

온통 작은 풀꽃들

하늘 도화지에 손가락 그림을 그리고 있는

언덕 1442계단

아름다워라

천국이여

나 오늘 살아서

천국에 왔네

가파른 계단

숨 가쁘게 바라보는 천지天池

서파에서 바라보는 그녀의 눈동자

구름들 온갖 모양으로

모였다가 흩어지고

흩어졌다 모이고

그 모습 그대로
거스름 없이 흘러가는
세상의 모든 어머니 모습이네

제3부

안부

간밤
비 오더니
국화꽃 봉오리 터지고
나뭇잎 붉어졌네
지난여름 선자령 가는 길에
배낭 내려놓고 쉬던 자리
그때 눈 맞은 나무
잠시 그늘이 되어준 나무
아무 특징도 없는 그 나무
눈 감으면 보이던 그 나무
무슨 색으로 물들었을까

오늘 아침 문득 스치는
그 나무의 체취

은비령 소식

은비령을 다녀온 그녀가
만지면 금방 손이 데일 것 같은 단풍을 쏟아놓았다
주변은 이미 삭막한 겨울인데
뜨거운 단풍을 왈칵 쏟아 놓은
카카오 스토리 소식을 보다가

은비령
가는 길은 있어도 돌아오는 길은 없다는
은비령
산목련 피는 유월 어느 날 그 곳에 갔다 온 후
사계절 산목련만 피우는 곳이라고 우기는
눈먼 한 여자도 있다는데
그곳을 용케 빠져나온 그녀는
조금 더 일찍 올걸 발을 동동 굴렸단다

제대로 단풍구경 한 번 못가고
부스스한 겨울 앞에 서 있는 나는
갑자기 싸르르 배가 아파오는 것이었다

그래도 저걸 본 게 어디냐며 한 줄 쓸까하다가
나 여기 앉아서 은비령 단풍을 보는 거
그게 어디냐며 아파오는 배를 살살 쓰다듬는 중이다

제자리

경포 해변에 못 보던 바위가
키 큰 소나무 몇 그루 업고와 눌러 앉았다
제자리인 것처럼
바다도 낯설고
소나무도 낯설고
서로가 낯설어
기지개 한 번 맘대로 못 펴고
팔 한번 못 뻗고 몇 년 째 그대로 있다
그 앞을 지날 때마다 보는 나도 낯설다

어울리지 못하는 건 그 뿐 아니라
그를 따라온 세 살짜리 아이같은
해당화 몇 그루도 몇 년째 쪼그리고 앉아있는데

지난여름
호텔이 있던 자리에서 신라시대의 토성이 발견되었다 한다
성곽이 있던 자리에 70년대의 호화호텔이 들어와
이곳의 주인행세를 했던 것인데

갑자기 자리를 잃어버린 그 호텔은 지금
앉지도 서지도 못한 채 안절부절 중이라는데

은사시나무

호숫가 산책길에 은사시나무
매일 다니던 길인데
오늘 처음 본 은사시나무
있는 듯 없는 듯 서 있네

선사시대에 핀 이파리들인지
곱게 한 번 물들어 본 적 없는
파란 이파리 그대로 꼭 말아 쥐고
긴 편지를 쓰고 있었네

점자로 쓴
화석처럼 굳은 글씨 새겨진
아름드리 은사시나무
왜 몰랐을까
그는 왜
10월의 마지막 이 흐린 아침
나에게 다가왔을까

보름달

앙상한 나무 아래
긴 벤치가 있다

그 벤치에
달빛이 소복하다

저렇게
온전히
가득한

겨울나무 아래
누가 길게 누워 있다

윤슬

그대 이렇게 돌아오시다니요

이 저녁 경포바다에
모락모락 꽃이 피네요

서늘한 듯
뜨거운 듯
그대
달꽃

첫눈 온 날 이렇게 꽃을 피우다니요
경포 바다가 넘쳐나도록 선물을 주시다니요

나팔꽃

강문 바닷가
그녀의 집 앞에는
막 달려온 바다가
담장에 널려있네
푸른 물 뚝뚝 떨어지네
닿을 수 없는 심해
해저터널 속 같은
그녀의 방
끝내 닿을 수 없는 곳
그녀의 마음일까
무서리 내린 아침

억새꽃

그 여자 떠났네
언제부턴가 슬그머니 내 안에 들어와
제 맘대로 흔들고 온갖 색칠을 하고
집을 짓고 살던 그 여자 떠났네
안녕 인사도 없이

그 여자 떠난 자리
흑과 백의 농담만 남았네
수묵의 집 무색의 맛
금방 세수하고 나온 화장기 없는
낮달이 걸려있네
창호지로 걸러낸
마알간 여자

빛나는 식사 · 1

가마우지 한 마리가
판화에서 걸어 나온 듯
한동안 서 있다가
갑자기 물 속을 헤집는다
호수 거울 저 쪽
저 쪽 세상에 무슨 일이 있었는지
순식간에 물고기 한 마리 물고 긴 목을 늘리고
한 참을 또 판화처럼 그대로 서 있다가
공중으로 날아 오른다
가마우지 긴 부리에서
수정처럼 반짝 빛나는 물고기
빛나는 물고기의 최후

빛나는 식사 · 2

벚나무 줄기 휘감은 붉은 담쟁이 넝쿨 위로
한 떼의 청둥오리 쇳소리를 내며 날아가고
그 그림자 스치는 숲에는 빨간 사랑의 열매가 익어가고
강물은 마른 풀들과 돌과 나무들을 제 몸 깊숙이 심어놓고는
가을 햇살을 불러들여 한가로이 되새김질 한다
순간 무언가
건진다는 걸 생각하다가
싱싱한 선사시대의 아침을 건져서
햇살 소복한 벤치에 앉아 야금야금 먹고 있다

우담바라

천 년에 한 번 핀다는
전설의 꽃 우담바라

태풍 할퀴고 간 다음날 아침
개울 복판에 쓰러질 듯 떠내려 온
스라브집 옥상에서
옥수수 씨앗을 고르는 팔순 노파
텃밭 마당에는 급한 물살이 흐르고
섬처럼 갇힌 지붕 위에
따가운 햇살 아래 핀 꽃
찰라에 피었던 꽃

다만…

열심히 부지런히

비가 온다

상처투성이로 아우성인데

눈 감고

귀 막고

막무가내로 내린다

갓길도없는고속도로무한질주차창밖풍경은무관심인채우리가
그랬던것처럼고삼아이들이그랬던것처럼밤인지낮인지그냥열심
히고시원학생들이그랬던것처럼시간인지세월인지눈멀고귀막고
그저열심히그랬던것처럼아무생각없이산을깎고바위를깨부수고
강물도맘대로휘돌리던것처럼우리가그랬던것처럼다만 비가

오. 신. 다.

브레이크 없는 이 시대 숨 가쁜 랩음악에 맞춰 강렬한 비트에
맞춰 사망000 실종000… 아무렇지 않게 다만 오실 뿐인데… 우
리가 그랬던 것처럼

바위섬

가을비가 온다
나직한 소리로
조근조근 말을 걸어오는
빗소리

그 빗소리 옆구리에 끼고
영진 바다가
파도에 씻겨온 시간을
찻잔처럼 건넨다

따스하다
이대로
깊은 가을이 와도 좋겠다

공작꼬리망초

공작꼬리망초
안개처럼 피었다
가을비에 젖어서 피었다
사천진리 해변을 따라
주문진 가는 길 솔숲에
길을 잠시 멈추고
시 한 줄 그 아래 놓아 두었더니
나를 위해 아껴두었다며
속눈썹 촉촉이 적시고 있다

귀뚜라미

불 끄고
눈 감고
귀만 열어 놓고
귀뚜라미 한 생애를 따라가네

빗방울이 바위를 뚫듯
밤새워 제 몸 갈아
잠자는 별들 깨우네

전 생애를 갈아
소리 하나로
새벽 하늘에 창을 열었네

마침내 폭죽이 터지고
하늘길 열려
별들 와르르 쏟아지네
서늘한 바람이 불어오네

달빛 소나타 · 1

달빛 하도 맑아
한 움큼 쥐어 보니
주르륵 미끄러지고 남은
물기 촉촉한 하루
전 생애를 적시고도 남을
세상의 어떤 말로도 그릴 수 없는
詩

달빛 소나타 · 2

이른 새벽
잠에서 깨어 보니
마른 풀 그림자
창문에서 흔들리네

물기도 없는 것이
색채도 없는 것이
내 머리맡을 깨우다 지쳐있네

그런 줄도 모르고
어떤 꿈도 없이
깊은 잠을 자고 있었다니

달빛 소나타 · 3

국화꽃 그늘을 빌려
살다 갔구나 가을은
— 장석남, 「젖은 눈」

이 시를 만난 가을 하나로
충만한 오늘도 온전히
살고 있구나
나는

11월의 방

그 때 그 집 쇼윈도우에는 아름다운 우리옷을 입은 두 명의 여자가 수문장처럼 지키고 있었지 파마머리 눈 파란 서양여자와 비녀로 쪽진 머리 얌전한 조선의 여자 그즈음 어느 찬비 오던 날 김현식이 가고 몇 해 걸러 우리 곁에 왔던 부처님도 가고

여섯 살 네 살 두 남매 아이는 가게에서 방으로 올라서는 문지방을 넘으려고 까치발로 매달리곤 했는데 하루가 다르게 키가 자라는 게 눈에 보였고 자주 다리 허리가 아프던 어머니는 전라도 경상도 두루두루 사투리를 쓰는 노인들이랑 자주 어울렸는데 서로들 알아듣지 못하는지 목소리는 자꾸 커지는가 싶더니 까치발 하나 딛지 않고도 훌훌 문지방을 넘어와 그들의 시간을 자꾸만 끼어 넣으려했는데 종종 흘러넘치곤 했었지

그 와중에도 열다섯 열여섯인지 스무살 쯤 되었을 여자 하나 그 틈새로 빼꼼이 얼굴을 수시로 내밀던 여자 그때마다 황급히 구겨 넣기 바빴지만 틈을 엿보던 그녀는 기어이 꿈속까지 따라왔고 그때마다 잠이 깨곤 했는데 연탄불을 갈아야 할 시간이었지

옷 한 벌

벗어놓은 옷 한 벌
후줄근한 내 하루를 지켜온
늘어나고 닳은 무릎 팔꿈치
물끄러미 보초병처럼 서 있다

여기저기 흩어져 날리는
기억력, 어디 뒀더라 풀어져 느슨해진
나사들 찾아 제 자리 앉혀놓는 일 힘들다

地 水 火 風 다부지게 여미고
파릇파릇 돋아나던 이파리들
다 꺼내놓지 못하고
안에서 삭혀야 했던 새파란 여자 날 선 여자.
내 안에서 들끓던 목소리 제멋대로 튀어나올까
조이고 조이던 나사들
여기저기서 삐걱삐걱 시위를 한다
조인 나사를 조금은 풀어야 할 때일까
화려한 가을 앞에서

허름하게 낡아가는
옷 한 벌

제 **4** 부

제라늄 있던 자리

제라늄 있던 자리가 비었다
그들이 앉았던 서운한 자리에
국화 가지를 꽂아두고 나는
바다로 간다

태풍 소식에 놀란 해변이
서둘러 자리를 말아 들고
지난 여름은 유난히 뜨거웠다고
가을 펴니 첫머리에 쓴다

파도에 절여진 구름이
잘 여문 씨앗을 흩뿌리고 지나간다
경포 해변 뜨거운 꽃으로 피던
연인들이 떠나고
그들이 떠난 자리에
저 구름은 무엇을 심을까
어떤 꽃들이 피어날까

옛날의 그 집 — 박경리 시를 읽다가

비자루병에 걸린 대추나무 수 십 그루가 일시에 죽어 자빠진
십오년을 고양이들과 책상하나 원고지 펜 하나가 지탱해 주었
고 사마천을 생각하며… 대문밖에는 늘 늑대 여우 까치독사와
하이에나 같은 짐승들이 으르렁거리는 그 집, 그 모진 세월을…
밀어내고…

맨몸으로 조용히 밀어내고
그는 우화되어 날아갔다
그가 날아간 매미 껍질 같은 그 집은
생각만 해도 너무 어둡다 그래서
남겨진 사람들은 날마다 모여 촛불을 켠다

"버리고 갈 것만 남아서 참 홀가분하다"
세상 짐을 혼자 머리에 이고
젖은 목화솜 이불 같은 시간들
그가 버리고 간 옛날의 그 집
그 집의 내력이

긴 장마에 젖어 무겁고 눅눅하다
날마다 촛불을 켜도 좀처럼 마르지 않고
좀처럼 밝아지지 않는 촛불의 위력은
그 집 울타리 너머로 자꾸만
자꾸만 번져 가는데…

스물두 살 오라버니는

아직도 스물두 살 그대로인 오라버니는
2009년 7월 20일 드디어 묵은 옷을 벗어 던졌다
마흔여섯 해 동안이나 발목을 잡고 있던 무거운 군화를 벗어
버렸다

남겨진 부모형제들 슬픔이 고스란히
온몸에 감겨 뼛속까지 스며든 흔적 역력하다
그 세월 고스란히 견디느라
앙다문 치아

오랫동안 닫아두었던 문을 열자
다시 만난 형제들 향해 활짝 웃는다
〈아! 우리 생애에 그렇게 활짝 웃어 본 적 있었던가…〉
그 오래된 슬픔의 집을 부수고 나온 오라버니는
낯선 서울 동작동 국립현충원으로 이사를 갔다

좋은 터에 새 집을 지었다고
축하도 아닌 위로도 아닌

그저 서로의 얼굴에서 위안의 빛을 확인하고
우리의 지나온 이야기를 변명처럼 하는 동안
청자 빛 작은 방으로 들어가서는
'안녕' 이라고 말하듯
문패 하나만 달랑 걸어 놓고
손 한 번 흔들어 주지 않고 뒤도 돌아보지 않고
찰칵. 문을 잠근다
그 서운함에 순간 눈물이 핑 돌다가
그렇지 스물두 살
오라버니는 스물두 살이지

꽃샘추위

1.

삼월로 접어들었는데 눈이 자주 온다

하얀 눈을 덮어쓴 대관령은 언제나 성자처럼 보인다

어릴 적 교과서에 나오는 큰바위 얼굴이다

그런 대관령이 요즘은 날마다 울적하다

왜 아니겠는가!

강릉 비행장을 떠난 비행기가 그 산을 넘지 못하고

선자령 어디쯤서 떨어져 내렸다 한다

대관령 소나무처럼 청청한 젊음을 데리고 갔다

그들의 눈물이 며칠째 하늘과 동해바다를 적시고 있다

삼월을 온통 적시고 남은 슬픔이 파도로 일렁인다

아침마다 마시는 안목 자판기 커피. 자꾸만 목에 걸린다

흐린 하늘 뒤로 봄은 흐드러지게 또 올 것이다

아무 일 없다는 듯이…

2.

황사 바람 속에서도 구름처럼 피던 벚꽃

삼월까지 내린 잦은 눈 속에서도 피기는 폈다 그런데

구름처럼 몰려오던 사람들이 없다
천안함 침몰 소식으로
수심 45미터 그곳은 얼마나 추울까
20일이 다 되는데 아직도 그곳에 있다고 한다
겨울도 아니고 봄도 아닌 한 계절이 얼어 붙었다

3.

늦게 핀 매화 몇 송이
해마다 짙은 향 대문 밖까지 퍼지더니
올해는 숨어서 간신히 폈다
필까 말까 눈치를 보다가
가까스로 피어서는
사월도 하순인데 그대로 있다
차마 떠나지 못해
하얀 옷자락 여미고
그 자리에 그대로 서있다

다시 死月

이제 다시는 여기
앉아 쉴 수가 없네
사월의 라일락 꽃그늘
사월의 향기를
이제는 마실 수 없네
유래 없이 꽃들이 일찍 피었다고
야단법석이던 벚꽃 잔치 이후로

사월에 핀 꽃들아
올해는 피는 게 아니었구나
유난히 무거운 폭설을 이겨내고
가까스로 온 너희들에게
이제는 눈 맞출 수가 없구나

지금까지 살아온 페이지에서
2014년은 접어놓고 싶다
기억에서 영영 지우고 싶다
그럴수록 더 선명한 밑줄 빨간 금

금이 가버린
깨어져 가루가 되어버린
2014년 死月
꽃그늘에 앉아 있어도
자꾸만 눈을 찌르는 바람
이 잔인한 死月의 바람

너무 늦은 안부

청바지에 스포츠 모자를 즐겨 쓰고
언제나 부지런하고 밝은 그녀가
L 시인의 출판기념회에서 만나
오랜만이네요, 인사를 하자 미안하다고 한다
"회비 작년에도 안 냈는데 계좌번호 알려주세요"

그 후 몇 달 지나
원고 편집일로 전화를 했더니
"나 병원이라서 작품 못썼어요, 회비는 보낼게요"
몇 년 전 문학기행 때 만난 그녀는 식당에 가도
어른들 식사부터 챙기느라 분주하던 모습이 떠오른다
그러던 그녀가 병원엔 왜 갔을까?
궁금하지만 물어보지도 않고 급히 전화를 끊었다

그 후 어느 늦은 가을날
부고 한 장이 날아왔다
―이명순 수필가 하늘나라로…
〈00문학회〉 이름으로 조화를 보내며

너무 늦어버린 안부가
국화 한 다발이라니!

유난히 추웠던 겨울 하늘로 그녀는 가고
그 하늘에서 다시 오월이 와서
모란이 피고 라일락이 피었다 지는데

"마음이 더 아팠겠네요, 미안해요"
이 말 한마디 꼬깃꼬깃 가슴에 접어들고
그녀가 쓰고 있을 수필의 마지막 장면을 엿보고 있다

— 암울한 병실에서 투병중일 때 회비 내라는 독촉 전화가 왔다.
그녀는 어디가 아프냐고 물어보지도 않고 전화를 끊었다.
국화 꽃잎 위로 하얗게 서리가 내리고 있었다.—

시의 존재론적 발산發散,
다양한 물방울 같은 이미지

남 진 원

(문학평론가 · 시인)

시의 존재론적 발산發散,
다양한 물방울 같은 이미지

남 진 원
(문학평론가 · 시인)

1. 글 열기

　나는 지금부터 내 삶의 일부 행적에서 나타난 경험을 가지고 정원교 시인의 시 작품에 대해 이야기를 해 보고자 한다.

　내가 태어나서 얼마 후 나는, '나'를 좀 다른 사람과 특별한 인간, 차별된 인간으로 여겼다. 보통 사람들과는 다른 우월적 존재로 여긴 것이다. 그러다가 그렇지 않음을 알게 된 것은 그런 생각이 있고부터 나서 썩 후의 일이었다.

그것은 매우 충격적인 일이었다. 이런 일, 아니 이런 사건에 접하자 '나는 무엇인가?'에 대한 생각이 떠나지 않았다. '내가 무엇인가'에 대한 생각이 끝나기도 전에 '나의 삶은 왜 지루하고 따분한가'에 대한 생각으로 이어졌다.

그랬다. 오랜 '생각'의 시초에서 따분함을 없애는 방법이 시 쓰는 일이었다. 시를 쓰면서부터 '따분함'은 사라졌다. 나는 대단한 일을 나름대로 잘 찾아낸 듯 여겼던 것이다. 그런데 어처구니없게도 나는 상당히 오랜 시간 동안 '시가 무엇인가'에 대한 물음도 없이 시를 썼다. 그러다가 점차 '시가 무엇인가'를 고민하기 시작했던 것이다. '시가 무엇인가'는 내게 있어 '나는 무엇인가'와 같은 물음이었다. '나는 무엇인가'에서 '나'로 생각이 좁혀졌다. 그런 '나'는 결국 '나의 존재'에 대한 물음으로 이어졌던 것이다. 더 나아가 '나에 대한 존재'는 '사람에 대한 존재'로 발전되었다.

그래서 '사람에 대한 존재'의 물음 앞에 '왜?'라는 물음을 던지고, '왜 사람은 존재해야 하는가'라는 생각에 잠겼다.

하이데거는 '존재'를 생각하다가 존재에 대한 설명을 위해서는 '존재자'가 필요함을 알았다. '존재'는 막연하지만 존재자는 구체적이다. 이럴 경우 막연한 존재라는 말에서 어떤 사물을 지칭하는 존재자로 존재의 상(像)이 드러나게 된다.

존재자의 존재 활동은 끊임없는 움직임으로 진행된다. 그것은 존재자와 또 다른 존재자와의 관계를 의미한다. 사람이란 존재자는 또 다른 사람, 동물, 식물, 무생물과의 관계를 유지한다. 그런 일련의 존재 활동은 생각이란 무형의 사고 작용 속에서 함께 진행되는 것이다.

우리는 어느 날 예기치 못하는 놀라움이나 즐거움, 슬픔을 겪는다. 그것은 '생각'이란 것에 매우 충격적인 무게로 다가오고 그것을 맞이하는 우리는 다양한 방법으로 수용한다. 여기서 시인의 충격은 언어를 통해 표현하게 된다는 것이다. 이제 존재론적 발산에 의한 시인의 언어를 통해 낱낱의 면모를 보게 될 것이다.

2. 과거와 현재 미래로 이어지는 관계 속의 시심

어느 날 무심히 산길을 가는데 갑자기 거대한 돌덩이가 길옆을 지키고 선 것을 보았다. 그 돌멩이를 보는 순간 멍해졌다. 이 돌은 얼마나 오래되었을까?

인간은 달을 보다가 달이란 암석을 정복하였다. 1969년 7월 19일 아폴로 11호가 달에 착륙하여 달의 암석을 분석하였다. < 지형 공간정보체계 용어사전>에 의하면, 달의 나이가 45억 7천만 년으로 측정되었다. 지구의 암석 중에서 오래된 것은 그린랜드의 편마암으로 37억년으로 측정되었다. 한반도에서는 경기도에 분포하는 편마암으로 27억년 전에 형성된 것으로 보았다.

그렇다면 내 앞에 놓여 있는 돌은 얼마나 오랜 시간 동안 여기에 머물러 있었던가? 만일 이 돌이 기억해내기라도 한다면 지나온 수억 년의 시간 속에서 지나온 풍경들을 기억하고 있을 것이다. 입이 있어 말이라도 한다면 낱낱이 그 일들을 토로할 것이 아닐까. 돌이 오랜 시간을 지냈다는 게 놀라운 것이 아니라 내가 지금 그 수억 년의 시간과 공간을 함께 한 그 거대한 돌과 함께 있다는 것이었다. 이 얼마나 놀라운 일인가. 그리고 올라가던 길을 내려다보았다. 그 길 또한 지나온 시간과 공간속에 나와 함께 있었던 것이다. 발길을 따라 숨어들었던 시간과 공간을 그려보며 생각에 잠겼다. 그리고 보니 내가 살고 있는 모든 공간과 사물들은 놀라움 아닌 것이 하나도 없었던 것이다.

내가 보고 있는 산도 하늘도 바다도 최소한 모두 몇 천 년의 시간과 공간속에 지낸 보물들이었다. 사전에는 변하지 않는 존재의 본질을 깨닫는 성질이나 그 성질을 가진 독립적 존재를 정체성이라 정의하고 있다. 사람은 아니 시인은 시를 쓰다가 문득 문득 나를 돌아보게 되고 나와 친근한 오래된 자연물로부터 그들의 말을 듣고 싶은 때가 자주 있다.

왜 그런 것인가? 인간에게는 끊임없이 고통과 괴로움이 찾아온다. 내가 비록 괴로움에서 벗어났다고 하더라도 완전한 괴로움에서 벗어날 수가 없다. 내가 비록 슬픔에서 벗어났다 하더라도 완전한 슬픔에서 벗어났다고 할 수는 없다. 왜냐하면 인간은 관계 속에서 살아가고 있기 때문이다. 거침없이 자유로운 삶을 살겠다고 산속에 들어가 사는 사람들을 TV에서 '나는 자연인이다' 라는 제목으로 방영하는 것을 보았다. 그러나 그들 역시 완전한 자유로움을 얻었다고 할 수가 없다. 인간은 자신의 불행이 없어졌다고 하더라도 자신과 관계하는 사람이나 관계하는 동 식물이 불행하면 그들과 함께 불행을 함께 나누면서 불행을 없애야만 자유롭고 행복해지기 때문이다.

시인은 그렇기에 나에 대한 문제에서 타인에 대한 문제로 시야를 넓히고 또한 시간의 역사성 앞에서 눈을 반짝이며 들여다보려는 노력을 하는 것이다.

이런 행위는 자신의 정체성을 찾는 일이고 또한 역사적 회귀를 통해 무엇인가 인간의 근원적인 문제를 알아내고자 하는 욕구이기도하다. 정원교 시인은 이번 시집에서 표현하는 시들이, 이러한 함의를 포함하고 있음을 발견하였다.

3. 시간의 선상에서 들여다본 이미지들

지난겨울 눈 쌓였다 녹은 자리에
아기 똥 같은 생강나무 꽃 핀 자리에
어디서 온 돌들일까

집 떠나와 고된 노역을 하던

옛 화랑의 손과

어느 지아비의 피멍든 손들

서로 포개어

어슷어슷 고이고 있네

서로서로 보듬고 있네

검버섯 이끼 두텁게 내려앉은

시간의 지렛대 위에

내 생의 시간을 가만히 얹어보네

구름이 되어 잠시 체온을 더듬어보네

—「옛 성터에 앉아」 전문

시인은 옛 성터를 찾아갔다. 위의 작품에서 시인은 돌을 보고 있다. 그 돌이 어디서 온 돌인지를 묻고 있는 것이다. 그 돌에 닿았던 옛 화랑의 손과 어느 지아비의 피멍든 손을 마음속으로 만지고 있는 것이다. 그 손들이 서로 포개어 어슷어슷 서로를 보듬고 있는 것을 찾아낸다. 역사로부터 찾은 따뜻한 손이다. 시간의 지렛대 위에 시인 생애의 시간마저 얹어보면서 감정을 교류하고 소통시키고 있다. 시인은 긴 역사로부터 흘러온 인연의 끈을 만지면서 따뜻해지는 것을 느낀다. 그리고 그런 사물과의 현재적 만남에 대한 탐구가 계속되고 있다.

　현재적 만남의 인연은 시 「아우라지」에서는 동적 흐름으로
이어져 생의 한 구비를 보여준다.

오월의 갯배를 타고

건너 온 사람들일까

건너가야 할 사람들일까

저 강가에서

서로 바라보며 사진을 찍고 때로는

같은 곳을 바라보는 두 사람

저 강가에 수많은 돌멩이들처럼 많은 인연 중에

같은 배를 타고 이 세상으로 건너 온 남매

앞서거니 뒷서거니 사람들은 오고가고

이 강가에 오늘 문득

머무는 저 원두막이거나 갯배거나

막걸리 한 사발에 어울려 둥둥 떠가는

오월의 신록이여

우리들 목 너머로 오래 묵힌

막걸리의 곰삭음이여

이제 남은 우리들 길은 몇 리 일까

얼마쯤 더 같이 갈 수 있을까

또 얼마나 떨어져서 각자 가야 할까

물길은 따로따로 흘러와

만나고 또 어울려 흘러가네

—「아우라지」 전문

　시 「옛 성터에 앉아」의 작품이 1인칭 시점에서 과거에의 여행이라면 시 「아우라지」에서는 관찰자 시점이다. 이곳에서는 물길과 사람들의 삶을 대조한다. 물길의 흐름이 따로 따로 흘러와, 만나고 어울려 흘러가는 데 비해 인간의 삶은 '같이 갈 수 있을까, 얼마나 떨어져 각자 가야 할까?' 등 아득함 같은 불안의식을 보인다. 앞의 시 「옛 성터에 앉아」는 과거에의 회귀를 통해 안온함을 제시한 반면 「아우라지」에서는 미래에 대한 불안의식을 던져놓았다. 이 불안의식 내지 불안정은 사회적 관계로 만나는 사건 사고들에게서 더욱 확연히 드러난다.

　그러나 한편, 시 「아우라지」나 아래 작품에서 보게 되는 시 「메밀꽃 필 무렵 그 끝 무렵」 등에서는 구수한 전통성을 보게 된다. 시인의 감각적 이미지가 전통적 정서의 흐름에 닿아있다. 그 향토성이 갖는 구수함, 고요함, 질박함, 토속적 냄새 등이 이 시의 분위기를 매우 친근하게 만들어놓았다.

　　그 무렵 봉평가는 길은 초입부터
　　끝없이 피고 지는 메밀꽃들이 재잘거리고 있었어요
　　(중략)

솔잎 아직 시들지 않은 섶다리와 그 아래로
새로 놓은 돌다리도 있었지만 나는
허리께로 차오르는 시간을 걷어 올리고
자꾸만 흘러내리는 옷자락을 적시며
허생원과 당나귀와 동이의 대화에 비틀거렸어요

시끌벅적 메밀밭 둑을 지나
그 물레방앗간에 도착했을 때
소문은 이미 퍼져 대낮처럼 빛이 바랬지만
오지랖 넓은 해바라기 한 무리는 지붕까지 올라가
날 저무는지도 모르고 수군거리고 있었지요

성서방네 처녀와 허생원의 물레방앗간을 엿보던 달빛처럼
(하략)

— 「메밀꽃 필 무렵 그 끝 무렵」 일부

위의 시에서 보면 감각적 이미지가 경쾌하다. 흐름이 밝고 낭만적이다. 메밀꽃들이 피어 반기는 모습은 어린이들이 흰 웃음을 보이며 재잘거리는 모습 같다. 작가는 그 메밀밭에서 허생원과 당나귀와 동이의 대화 속에 비틀거리며 스며들기도 한다. 오지랖 넓은 해바라기는 날 저무는 것도 잊은 채 수군거리는 풍경을 구수한 동화 속 세계로 몰아갔다.

4. 청정함 또는 고요함에서 보게 되는 투명한 맑음들

이번에는 청정함과 고요함에서 비롯되는 풍경을 그려놓은
시를 보자.

사각사각

마른 이파리

행여 다칠까

까치발로 바람이

지 나 가 네

지난여름에 들어와 갇혀있던 바람이

웅성웅성 지껄이는 소리

늦가을 연못에 가면 물무늬보다 선명한

바람의 길이 보이네

—「연잎 마른 못가에서」 전문

바람이 지나가는 소리는 지난여름에 모여들던 고요함에서
나는 소리이다. 그 고요함을 건드리는 바람이, 고요함의 모습
을 선명한 바람의 소리로 들려주고 있다. 늦가을 연못에는 마
른 이파리들이 모여 들었다가 바람에 흔들리며 사각거리고 있

다. 그 광경은 마치 바람이 길을 내어 보이는 듯 아름답다. 묵
언 중에 있던 스님이 깨닫고 조용히 미소를 머금는 모습 같다.
연못의 작은 풍경이 고요한 바람을 일으켜 선명한 깨우침의 바
람소리로 다가오는 느낌을 갖게 만들지 않는가. 연꽃 '가시연'
에서도 아름다운 침묵의 미소를 보게 된다.

가시연이 오시었다

백년 만에 다시 오셨다고

한바탕 소동이 일었다

연일 37-38도를 오르내리던

기록적인 폭염의 날을 잡아

간신히 입을 열었는데

무슨 법문을 하시긴 하셨는데

몇일 후 다시 와 보니

넓게 펼쳐진 이파리 속 의문을

그대로 접어둔 채

사슬로 묶인 가족들 데리고

물속의 집으로 들어가셨다

열 듯 말 듯 입술 굳게 닫은 채

다시 물속으로 잠겼다

잠기어 갔다

가시연은 왜 오셨던 걸까

─ 「가시연」 전문

가시연은 강릉의 경포호에 서식하는 수련과의 한해살이풀이다. 한국과 중국, 인도, 일본 등지에도 분포하고 있다. 꽃의 색은 자주색이다. 7월과 8월에 꽃이 피는데 낮에는 벌어지고 밤에는 닫힌다. 줄기와 잎 꽃 등에는 가시가 돋아있어 '가시연'이라고 부르게 되었다.

위의 작품은 가시연이 피었다가 다시 꽃잎을 접고 물속에 잠긴 모습을 형상화한 시 작품이다.

가시연이 아주 오랫동안 땅속에 숨어 있다가 다시 시절인연을 만나 피어났다. 백년 만에 나타난 꽃이니 한바탕 소동이 일어나는 것은 당연한 일인지도 모른다. 시인은 그 가시연꽃이 세상에 나와 무슨 법문을 하고 다시 들어갔다고 생각하는 것이다. 맑고 깨끗하고 소담한 연꽃이 피었다. 맑은 연꽃을 보면서 사람들도 정갈한 마음을 갖게 된다면 그것 자체가 삼매의 법열에 들어서는 깨우침을 얻을 수도 있을 것이다.

시인은 평소에도 항상 단아하고, 하심(下心) 하는 마음으로 조용한 생활을 하여왔다. 불심이 깊은 신실한 신앙생활을 하는 시인이라고 알고 있다. 그래서 작품 편 편에는 따스한 인간애와 불심이 드러나고 있는 것 같다.

다음의 작품 「골목길」에서는 투명하고 맑은 이미지를 만난다.

　　지난해 내린 눈이 한 달이 넘도록 녹지 못하고 골목길에 얼어
붙어있다 햇살 한 조각 받지 못하고 그대로 굳어 있더니 어느 날
유리조각이 되었다 그 유리 조각은 땅바닥에 찰싹 달라붙어서
도무지 녹을 기미가 보이지 않더니 지나가는 사람들 발밑에서부
터 전신을 훑어보기도 하고, 나름의 잣대로 키를 재기도 하고 순
간에 발을 걸어 넘어뜨리고는 시치미를 뚝 떼기도 하는 것이었다
보드라운 겨울 꽃송이 속에 사금파리 같은 시선이 숨어 있다는
것이 믿기지 않아 자꾸만 미끄러지려는 생각의 정수리를 꼭꼭 힘
주어 밟아 보는 것이다

─「골목길」 전문

　　눈이 녹지 못하고 얼어붙었다. 골목길이어서 눈은 얼음조각
이 되어 유리조각 같아졌다. 부드러운 눈이 그 속에 감추고 있
는 것은 미끄러움과 날카로움이다. 그것 때문에 지나가는 사람
들이 미끄러질까 봐 마음을 졸이게 한다. 그래서 시인 자신도
미끄러지려는 생각의 정수리를 꼭꼭 힘주어 밟으며 걷는다고
한다. 눈이 얼음이 되어 지나는 사람들이 넘어져도 시치미를
뚝 떼고 있는 모습이 장난기 어린아이들 같아 웃음이 나오기도
한다. 시가 고답적이지 않고 위엄이 없어서 읽기에 재미를 주고
있다. 아마 시인이 갖고 있는 시적 투명함의 맑음 때문이리라.

5. 신선한 이미지로 닦아놓은 생태환경 시들

시를 쓰기 위해 여러 곳을 다니다 보면 한 가지 의문이 떠나지 않는다. 그것은 '지구에서 생활하는 인간과 동물의 역사란 무엇인가?' 에 대한 물음이다.

걸음을 걷기 위해서는 앞은 물론이고 옆과 뒤를 돌아보아야 한다. 앞으로 나가는 삶을 이어나가기 위해서는 뒤를 돌아보아야 한다. 그것이 우리들 역사의 발걸음이다.

빙하기를 지난 인간의 역사는 불과 1만 년에 지나지 않는다. 동양에서는 인간의 삶을 위해 부단히 우주의 원리를 찾아내는 대 고심하였다. 복희씨의 8괘와 문왕8괘는 이런 인간 생활의 질서를 찾고 지혜를 구하고자 하는 노력의 일환이었다. 그런 일면을 보면 모두가 패권의 정치였고 극(克)의 역사였다. 이런 문제를 해결하기 위해 새로운 정치 이념이 출현하였는데 그것은 공자와 맹자로 이어지는 인과 의를 앞세우는 왕도정치 철학이었다. 그러나 이런 정치 철학은 잘 받아들여지지 않았기에 공자와 맹자는 수많은 발걸음을 하며 유세를 떠났던 것이다. 주역의 원리도 역시 음과 양의 원리로 이루어져 있지만 그 본질은 상극의 원리가 많이 작용하고 있다. 동물들이나 식물들의 삶의 원리가 상극의 원리로 이어져 있기 때문이다. 나무는 흙을 파헤치며 뿌리를 흙속에 박아야만 생존이 가능하고 씨앗은 흙속에서 땅을 헤집어야 발아를 하는 것이다. 땅이나 흙의 입장에서 보면 편안하지만은 않은 행동들이다. 또 동물은 다른 동물을 먹이로 취해야 살수가 있으니 이 모두 극해야 하는 삶의 원리인 것이다. 이 보편적인 삶의 논리는 곰곰이 생각해 보면 전율하리만치 놀라움을 금할 수 없다.

　정원교 시인은 이 놀라운 전율의 세계를 명증한 이미지로 제시하며 많은 지적 상상력을 자극하고 있다.

　　가마우지 한 마리가

　　판화에서 걸어 나온 듯

　　한동안 서 있다가

　　갑자기 물 속을 헤집는다

　　호수 거울 저 쪽

　　저 쪽 세상에 무슨 일이 있었는지

　　순식간에 물고기 한 마리 물고

　　긴 목을 늘리고

　　한 참을 또 판화처럼 그대로 서 있다가

　　공중으로 날아 오른다

　　가마우지 긴 부리에서

　　수정처럼 반짝 빛나는 물고기

　　빛나는 물고기의 최후

　　　　　　　　　　ー「빛나는 식사 · 1」 전문

시 「빛나는 식사·1」에서 보면 가마우지가 물고기를 잡아먹는 모습이 상극적인 이미지로 묘사되어 있다. 그런데 긴 부리로 물고기를 물고 선 가마우지의 모습이 무섭다기보다 오히려 신선하게 느껴진다. 물고기 입장에서는 불행한 삶이지만 가마우지의 입장에서는 자연스럽고 일상적인 한 끼의 식사일 뿐일지 모른다. 인간의 입장에서 보면 동물에 대한 죽임은 자연스럽고 일상적인 일이지만 당하는 동물이나 식물의 입장에서 보면 얼마나 무섭고 공포스러운 일일까. 사람은 선행을 하고 바르게 살라고 교육을 늘 하고 있지만 이런 일을 일상으로 하고 있는 사람들이 아닌가. 과연 얼마나 우리가 선행을 할 수 있을지는 의문이다. 위의 시는 우리에게 이런 상극적인 상상력을 제공하는 기반이 됨을 알 수 있다.

시인이 내는 이번의 시집은 두 번째 시집이다. 여기에는 여행을 통해 보고 듣고 체험한 것들의 자연물을 시로 형상화한 작품들이 많이 있다. 이곳에서는 인간과 사물의 순수한 만남이 있다. 그리고 영혼의 교류가 이루어진다. 「벽소령에서 별 보기」의 시를 보자.

벽소령 산장에 와서
쏟아져 내리는 별을 보는데요
낮에는 그렇게나 인자한 할머니 같던 지리산이

어두워지자 엄한 아버지 같은 얼굴을 하고서는

배낭에 짐을 챙기듯

젖은 떡갈나무 이파리 같은 나를

불빛 하나 없는 산장의 작은 방으로

자꾸만 구겨 넣으려는 것이었어요

때 늦은 반항아가 되어 나는

자꾸만 별에게로 가 닿으려고 했지만

발은 떨어지지 않고

그런 내가 안쓰럽다고

별들은 내 머리 위에 내려와 앉았다 가고는 했는데요

별이 그렇게나 멀리서 왔다는 걸

그때 알아차리고

눈물이 막 샘처럼 솟았는데요

별들도 아는 눈치였어요

—「벽소령에서의 별 보기」 전문

　벽소령은 지리산의 노고단 천왕봉에서 45Km에 이르는 지리산 종주 등산코스의 중간 지점에 위치한 고개이다. 벽소령에서 별이나 달을 보는 것은 매우 기묘한 풍경으로 지리산 제4경에 속할 정도로 운치가 있다.

겹겹이 쌓인 산 위로 둥실 달이 떠오르면 달빛은 희다 못해 푸른 빛이다. 그래서 그 달빛을 벽소한월(碧霄寒月)이라고도 한다.

이 시에 나오는 제목은 지리산의 벽소령에 있는 산장의 이름이다. 시인은 벽소령 산장에서 별을 만난다. 그 별이 멀리서 왔다는 것을 알고 기쁨에 눈물을 쏟는다. '별'이라는 우주 속의 사물이 어둠을 뚫고 반짝이는 빛으로 다가오는 모습은 얼마나 감동적인가. 거짓 없이 순수한 아름다움과의 만남은 진신사리처럼 맑은 영혼의 모습을 대하는 것과 같은 것이다.

또 한 편의 시 「일몰 앞에서」도 감명 깊은 작품이다. 우리나라의 순천만은 일몰의 아름다움으로 널리 알려져 있다. 시인은 남쪽의 해안도시 순천에서 저녁을 맞는 아름다움을 그림처럼 묘사하고 있다. 순천만은 희귀한 조류의 서식지로도 유명한 곳이다.

순천만 가서
일몰을 보았네
온통 붉은 빛 소용돌이
야단법석 춤사위 흐드러지고
한바탕 잔치 들떠 있는 시간

밀물이 다가오자

맨발로 다가가
스윽 발을 담그는
불덩이를 보았네

한 치의 망설임 없이
검은 개펄 속으로 스르륵
잠기는 불덩어리
그
리
고
아무 일도 없었던 것처럼
어둠이 겹겹이 밀려 왔네

나는 잠시 어디로
어디로 스며야 할지 몰라
그 후로 오래도록
불덩이가 바다 속으로 고요히 걸어 들어가고
세상은 너무 조용한 것에 대하여
아주 오래도록 생각하게 되었네
—「일몰 앞에서」 전문

시인은 순천만에서 해가 지는 일몰의 아름다움에 매료되었
다. 해가 지는 모습은 마치 불덩이가 어린아이처럼 맨발로 스

윽 발을 담그는 모습으로 보았다. 검은 개펄 속으로 잠기어가고는 아무 일도 없었던 것처럼 어둠이 밀려왔다. 그 모습에서 시인은 시인 자신의 문제를 생각하게 된다. 불덩이가 갯벌에 스며들 듯이 시인 자신은 어디로 스며야 할지를 몰라 서성이며 아주 오래도록 생각에 잠겼다고 하였다. 불덩이가 바다 속으로 고요히 걸어 들어가는 모습은 놀라울 정도로 장엄한 모습이다. 세상을 초탈한 성자의 발걸음 같기도 하다. 그리고 그 모습을 본 시인은 세상이 너무 조용해져서 오래도록 생각에 잠겼던 것이다. 한동안 떠오르는 삶(일출)을 보아오다가 스러져가는 삶을 보고 깊은 생각에 잠긴 것은 당연한 일인지도 모른다. 저녁 해가 바다 속으로 걸어 들어가는 비장한 모습, 시인은 그곳에서 삶의 가장 아름다운 모습을 보았던 것 같다.

　시 「귀뚜라미」에서도 맑음 또는 투명함의 진수를 보여준다.

불 끄고
눈 감고
귀만 열어 놓고
귀뚜라미 한 생애를 따라가네

빗방울이 바위를 뚫듯
밤새 제 몸 갈아
잠자는 별들 깨우네

제 몸 다 닳도록
소리 하나로
어둠의 하늘에 창을 열었네

마침내 폭죽이 터지고
저 어두운 하늘길 열어
별들 와르르 쏟아지네
서늘한 바람 불어오네

—「귀뚜라미」 전문

　밤새 제 몸을 갈아 별을 깨우는 귀뚜라미. 그것은 가장 비어 있는 밝음으로 스스로를 비추는 '허명자조(虛明自照)'의 모습이 아니고 무엇이랴. 별들 와르르 쏟아지고 서늘한 바람 불어오는 곳, 그곳은 불로심력(不勞心力)의 마음으로, 애써 근심 걱정으로 마음을 수고롭게 하지 않아도 되는 정토의 삶이 될 수가 있는 것이다.

바람도 없는데 나뭇잎이 파르르 떨린다
새들이 짝짓기 중이다
참 가벼운 사랑도 다 있네
생각하는 찰라 한 마리는 날아가고

125

한 마리는 주섬주섬 매무새를 가다듬는데
꽃사과나무 이파리 하나가 하르르 떨어진다
그녀의 속옷이 초록색이다

며칠 전 큰 비 온 후 남대천 물이 많이 불었다
강물과 바닷물이 서로 주거니 받거니
뜨거웠던 여름의 안부를 묻는 아침
괘방산 망덕봉 칠성산 능경봉 선자령 매봉 저 멀리 봉우리들
옥양목 홑이불 하나를 발아래 벗어 놓고
눅눅한 그림자를 산자락에 널어 말리는 것이 보인다
한없이 가벼울 듯한 저 하얀 구름의 몸에도 얼룩 자국이 선명하다
저 구름 끝을 살짝 당기면 설악 금강까지 주르륵 달려 올 것
같은데

백두대간 능선을 넘어 온 한 호흡의 바람으로
새들은 사랑을 나누고
그 나무그늘 아래서 나는
새들의 사랑과 아침햇살이 막 스며든 산봉우리들과
구름의 무게를 재어 본다
— 「죽도봉 꽃사과나무 아래에서」 전문

위의 시 「죽도봉 꽃사과나무 아래에서」는 가벼워 보이면서
도 질량감 있는 언어들로 시적 메타포가 주는 상큼함이 있다.

마치 서리 맞은 후의 싱싱함으로 물든 머루 덩굴 같다. 긴 호흡으로 이어진 거대한 백두대간을 가볍게 들어 올리는 시적 판타지는 어느 천하장사에 견줄 것인가. 또한 감미로운 새들의 사랑 나누기와 청청한 아침햇살의 즐거움을 누리게 된다. 무엇보다도 전혀 부담되지 않은 가벼운 미적 감성이 더욱 독자를 흥겹게 해주고 있음은 시인의 개성적인 표현력임을 이해하게 되었다.

시인이 시인으로 사랑받는 것은 좋은 시를 쓰기 때문이다. 시 「꽃씨」에 담긴 서정을 읽으면 따스한 사랑의 마음에 같이 감동에 젖는다.

3
그늘진 마당가에서
봄눈자락을 밀어내며 새싹들이 올라온다
아! 수선화. 빨간 촉수를 내밀고 있는 작약
매화나무가지에도 수수알 같은 꽃봉오리.
지난겨울 강추위에 잊고 있었던 식구들이다
봄눈처럼 잠시 미안하다.

5
지난겨울 강추위에

돌처럼 말라버린 화분에서
돌단풍이 피었다
엄마손 같은 돌단풍
아픈 손마디로 어떻게
저 흙덩이를 헤치고 나왔을까

—「꽃씨」 부분

겨울 동안 추위 속에 숨죽이고 있던 새싹들이 봄이 되어 촉수를 내미는 모습에서 시인은 놀라워하면서도 미안해하는 마음을 갖는다. 강추위에 잊고 지냈던 일이 미안하다는 것이다. 말라버린 화분에서 엄마손 같은 돌단풍이 흙을 헤치고 나온 모습을 보고 함께 아파하면서도 감사해하고 있다. 자연물과 사람이 각각이지만 모두 하나라는 것을 알게 해주는 것이 사랑의 마음이다. 누구나 사랑의 마음을 갖고 있지만 그것을 언어로 표현해내는 사람은 시인이다. 그래서 시인은 언어의 예술가이고 사람들로부터 사랑을 받는지도 모른다. 일련의 시들을 읽으며 따뜻한 감성에 젖으면 행복해지는 것을 느꼈다.

정원교 시인의 시적 발산은 존재론적 발산이고 매우 폭이 넓다. 그 근본에 있어서는 측은지심의 생각이 생명수처럼 고여 있고 그 분출은 다양한 작품으로 나타난다.

6. 아픈 서정으로 들여다본 역사의 불안정성

　시인은 사회와 자연, 인간과의 사이에 촉수를 세우고 산다. 우리 사회는 늘 낡은 고무로 된 바퀴를 끼운 자동차의 질주 같다. 시인은 이런 사회의 위험한 노출에 대해 안타까워하고 급기야 촉수를 통해 받아들인 사건 사고는 아픔을 얹어 터뜨리곤 한다. 시인에게 있어 그 아픔은 사랑이란 혈액의 출혈이다.

1
삼월로 접어들었는데 눈이 자주 온다
하얀 눈을 덮어 쓴 대관령은 언제나 성자처럼 보인다
그런 대관령이 요즘은 날마다 울적하다
왜 아니겠는가!
강릉 비행장을 떠난 비행기가 그 산을 넘지 못하고
선자령 어디쯤서 떨어져 내렸다한다.
대관령 소나무처럼 청청한 젊음을 데리고 갔다
그들의 눈물이 며칠 째 하늘과 동해바다를 적시고 있다.
삼월을 온통 적시고 남은 슬픔이 파도로 일렁인다
아침마다 마시는 안목 자판기 커피. 자꾸만 목에 걸린다
흐린 하늘 뒤로 봄은 흐드러지게 또 올 것이다.
아무 일 없다는 듯이

2

황사 바람 속에서도 구름처럼 피던 벚꽃

삼월까지 내린 잦은 눈 속에서도 피기는 폈다 그런데

구름처럼 몰려오던 사람들이 없다

천안함 침몰

수심 45미터 그 곳은 얼마나 추울까

20일이 다되는데 아직도 그 곳에 있다고 한다

겨울도 아니고 봄도 아닌 한 계절이 얼어붙었다

3

늦게 핀 매화 몇 송이

해마다 짙은 향 대문 밖까지 퍼지더니

올해는 숨어서 간신히 폈다

필까 말까 눈치를 보다가

가까스로 피어서는

사월도 하순인데 그대로 있다

차마 떠나지 못해

하얀 옷자락 여미고

그 자리에 그대로 서있다

— 「꽃샘추위」 전문

시 「꽃샘 추위」는 대관령에서 추락한 공군비행기와 천안함
침몰 사건에 대한 사건을 형상화한 작품이다. 깊은 산속의 소

나무처럼 청청한 젊음을 앗아간 대관령. 그들의 눈물은 며칠
째 하늘과 동해 바다를 적시고 있다. 이 슬픈 역사적 현실 앞에
작가는 아픔의 눈물을 속으로 흘리고 그 눈물을 언어로 그려
내고 있는 것이다.

이제 다시는 여기 앉아 쉴 수가 없네
사월의 라일락 꽃그늘
온통 꽃향기로 잔인하다는
사월의 향기를 다시는 마실 수 없네
유래 없이 꽃들이 일찍 피었다고
야단법석이던 벚꽃 잔치 이후로
유난히 무거운 폭설을 이겨내고
가까스로 온 너희들에게
이제는 눈 맞출 수가 없구나
지금까지 살아 온 페이지에서
2014년은 4월은 영영 접어 놓는다
그럴수록 더 선명한 밑줄 빨간 금
금이 가버린
깨어져 가루가 되어버린
2014년 사월死月
꽃그늘에 앉아 있어도
자꾸만 눈을 찌르는 바람

이 잔인한 사월死月의 바람

—「다시 사월死月」 전문

청춘을 한꺼번에 수장시킨 천안함 침몰의 비극적 현장 앞에 하얀 매화 송이는 차마 떠나지 못하고 있었다. 우리 모두는 2014년 잔인한 사월의 폭풍 앞에 '세월호 침몰'이란 설움의 격랑을 넘어야 했다. 시인은 역사의 불안정성을 그대로 보여주는 '시대의 선구자'라는 말을 떠올리기에 충분하였다. 제목에서 4월을 '死月'로 한 것을 보면 얼마나 크나큰 아픔이 깃든지를 짐작할 수 있다. 정원교 시인은 역사 속에서 절망처럼 새겨놓은 깊은 슬픔을 공유하는 이 시대 시인이란 존재자로 나타났다.

역사는 흘러가고 우리 인생 또한 역사속의 한 줄로 사라져버린다. 이름 한 줄 없는 무수한 생명의 죽음이 지나면 잠시 그뿐, 언제 그랬냐는 듯 바람이 불고 비가 오고 눈이 내린다. 그래도 시인은 잠들 수 없다. 한 시대의 목소리를 듣기 위한 지난한 작업을 언어로 그려내려고 한다. 불안정성이란 바탕을 인정하면서도 시인은 참다운 자아내지는 근원적인 물음에 대한 질문을 하고 싶어 한다. 이러한 시도는 역사의 현장에 시선을 돌려 낙관 같은 생명의 언어를 탄생시키는 것이다.

태기왕의 부르심을 받았네

빛바랜 고서적 페이지를 열고

철기시대의 녹슨 빗장을 열고

그의 왕국으로 들어가는 길

첩첩산중 갑옷을 두른 바위들 가슴을 열고

태고의 계곡 해맑은 속살 그대로

마을 밖 십리까지 마중을 나오시네

이 깊은 계곡 첩첩 산중에

없는 금 그어 놓고 산성을 쌓아 놓고

서로 쫓고 쫓기던 2000년 전

우리들 아버지의 아버지의 아버지들

다 하지 못하고 묻어버린 이야기들

꺼내놓고 푸닥거리 한 바탕 왁자한

오늘 문득 님께서 부르신 뜻은 무엇일까

— 「태기왕의 부르심을 받고」 전문

　태기왕은 진한의 마지막 왕이라 한다. 태기왕이 박혁거세와의 전투에서 패하고 후일을 도모하던 곳이 횡성의 태기산이라 한다. 군사 훈련을 하다가 갑옷을 흐르는 물에 씻었다고 하여 그곳을 갑천이라 부른다. 시인은 태기산 여행을 하면서 상상력을 동원한다. 옛 역사의 현장을 상상하며 오늘의 발걸음에

서 현재의 실존을 가늠해보고 싶었던 것이다. 현재의 실존은 존재자로서 돌아보는 고대 역사의 물음을 품고 있다. 석기시대와 청동기 철기시대를 거치며 지나온 삶의 현장을 발로 딛고 오른다는 가슴 벅참으로 하여 시인은 스스로에게 묻는다.

'~우리들 아버지의 아버지의 아버지들/ 다 하지 못하고 묻어 버린 이야기들/ 꺼내놓고 푸닥거리 한 바탕 왁자한/ 오늘 문득 님께서 부르신 뜻은 무엇일까' 하고 반문하는 것이다.

이러한 역사에 대한 의식의 길 찾기 같은 작업은 백두산 등정을 통해 보다 뚜렷해지며 사랑으로 채워진다.

생애 처음으로/ 백두산에 올랐네/ 天池가 문을 열었네/ 가랑비 오는 중에도/ 문을 활짝 열고/ 기다려 주었네// 그 깊은 눈빛/ 반가움보다는/ 두려움이었네// 내 생에 마주친/ 가장 깊은 눈빛/ 내가 알고 있는/ 어떤 말로도 쓸 수 없는/ 평생 동안 두레박을 드리워도// 바닥이 닿지 않을 깊은/ 그와 눈 맞아 버렸네/ 이제 더 이상 무엇을 찾아 헤매지 않으리/ 내 남은 생애동안 저 눈빛에 빠져/ 헤어나지 못하리

—「백두산 기행 · 1 — 북파」 전문

키 작은 야생화 군락을 지나/ 사스레나무 주목나무 나란히/ 서로 부둥켜안고 기대어 살고 있는/ 신들의 숲을 지나가네/ 온통

작은 풀꽃들/ 하늘 도화지에 손가락 그림을 그리고 있는/ 언덕 1442계단/ 아름다워라/ 천국이여/ 나 오늘 살아서/ 천국에 왔네// 가파른 계단/ 숨 가쁘게 바라보는 천지天池/ 서파에서 바라보는 그녀의 눈동자/ 편안히 누운 우아한 여인/ 그의 몸 위로/ 구름들 온갖 모양 모이고 흩어지고/ 그 모습 그대로/ 거스름 없이 흘러가는/ 우아한 모습/ 세상의 어머니 모습이네
— 「백두산 기행 · 3 — 서파」 전문

백두산은 민족의 영산이다. 금년 들어 남북 정상이 회담을 개최하고 두 정상은 백두산에 함께 올라 백두산에서 민족 통일의 꿈을 이루기 위한 이야기를 나누기도 하였다. 요즘은 남북 장성급 군사회담도 열리는 등 여러 가지 군사적인 긴장을 해소하는데 노력하는 모습이 보인다. 북한 땅을 밟고 백두산을 오르는 트레킹을 할 날이 멀지 않은 것 같다,

백두산을 기행한 시인은 백두산에 오르니 백두산의 눈빛은 반가움보다는 두려움이었다고 말한다. 민족 분단의 비극으로 남겨진 상처들이 너무나 크고 아직도 분단의 아픔이 고스란히 남아있기 때문일 것이다. 그러나 시인은 말한다. 남은 생애 동안 백두산의 푸르고 깊은 눈빛에 빠져 헤어나지 못한다고 토로한다. 그리고 백두산에 들어선 것을 아름다운 천국에 왔다고 하며 기쁨의 탄성을 지른다. 백두산을 세상의 어머니 같은 백두산이라 하는 시구에서 느껴지듯, 민족의 양산 백두산을 뜨겁게

135

사랑하는 마음을 읽을 수 있었다. 통일에 대한 염원이 시의 행간 행간에 스며있는 것도 확인할 수 있다.

7. 맺는말

아픔과 고통은 어느 시대에나 있었다. 그리고 그 시대를 사는 사람들은 모두 자신들의 삶이 제일 힘들고 고통스러웠다고들 말한다. 우리 시대에도 전쟁과 그로 인한 분단의 상처와 사고, 사건들이 일어났다.

정원교 시인은 이러한 세상 속으로 걸어 들어가 고통을 함께 나누고 싶어 했다. 정원교 시인의 시는 존재의 물음에 대한 곳에서 시작하였다. 그의 시적 발산은 물이 흐르듯 끊임없이 개인과 사회, 사람, 자연과의 교류 속에서 빚어지는 작품이었다. 시인이 시를 위해 찾아 나선 곳은 의도적이든 비의도적이든 역사의 흔적을 더듬을 수 있는 공간이었다. 이런 일련의 시작 활동을 통해 일부의 시들은 근원적 물음을 제시하거나 그 물음에 닿아있다.

시 전편을 관통하는 시의 맥은 순수성과 따뜻한 사랑이었다. 이 두 요소는 시를 지탱해주는 힘이었다.

나는 정원교 시인의 시를 존재론적 발산(發散)에 의해 살펴보았다. 시 작품 들은 다양한 관계 속에서 물방울 같은 이미

지들로 분출하여 안심과 희망, 기쁨을 곳곳에서 발견할 수 있
었다.

| 정원교 |

정원교 시인은 강릉 출생으로 2000년 강원일보 신춘문예 당선으로 등단했다. 시집으로 〈풍경 하나로 따스한〉 〈담장에 널린 바다〉가 있으며, 강원여성문학 작가상 및 강릉문학작가상을 수상했다. 현재 강원문인협회, 강원 여성문학인회, 강릉문인협회, 관동문학회 회원이며, 시문학동인 열린시 회원으로 활동하고 있다.

시와소금 시인선 090

담장에 널린 바다

ⓒ정원교, 2018. printed in Seoul, Korea

1판 1쇄 발행 2018년 12월 15일
지은이 정원교
펴낸이 임세한
책임편집 박해림
디자인 유재미 정지은

펴낸곳 시와소금
출판등록 2014년 1월 28일 제424호
발행처 강원 춘천시 충혼길20번길 4, 1층 (우-24436)
편집실 서울시 중구 퇴계로50길 43-7 (우-04618)
팩스겸용 (033)251-1195 / 휴대폰 010-5211-1195
이메일 sisogum@hanmail.net

ISBN 979-11-86550-83-0   03810

값 10,000원

* 이 책의 내용의 전부 또는 일부를 재사용하려면 반드시 저작권자와
  시와소금 양측의 동의를 받아야 합니다.
* 잘못된 책은 교환해 드립니다.
* 이 책의 국립중앙도서관 출판도서목록(CIP)은 서지정보유통지원시스템
  홈페이지(http://seoji.nl.go.kr)와 국가자료공동목록시스템에서 이용하실
  수 있습니다. (CIP제어번호 : CIP2018038255)

강원문화재단
Gangwon Art & Culture Foundation

• 이 시집은 2018년 강원도 강원문화재단 문예진흥기금으로 발간하였습니다.